JN184047

イカロス選書

句集

禅寺丸柿

池内英夫

文學の森

禅寺丸柿

目次

装丁　井筒事務所

禅寺丸柿

ぜんじまるがき

溪若葉

二〇〇四年〜二〇〇五年

春光のあふるる湖や浮御堂

荒磯に春の光の忘れ潮

夜めばるきよとんと釣られ朧かな

日の匂ひ春の匂ひのめばる釣り

行く春やテロといふ語の飛び交へり

行く春や畝立て終へし農一人

連翹の奔放ゆるし仁王門

俎板に残るうろこや初つばめ

初燕少年凜々しき顔をして

綿飴の巻かれ上手や春の風

行く春の入り江に映る観音堂

渓若葉なだれて川を走らせる

露座佛の茂りの中の孤独かな

献灯の揺らぎて匂ふ花蜜柑

月山を水に映して青田風

麦秋や句碑の背中に羽黒山

暁闇に河骨ともる南谷
音たてて水飲む犬や雲の峰

石窟に佛の笑まひ合歓の花

噴水の空を濡らして力あり

迎へ火にわだつみの歌流れくる

柿たわわ熟れて柿生の禅寺丸

決着の音をたたみて秋扇

ハリウッド路上の足形秋うらら

秋灯カジノの夜の眠らざる

クルーズの客と踊るや後の月

溪若葉

フロリダの鰐遊ぶ川秋暑し

初時雨天城峠を越えてより

山茶花を散らせて届く速達便

鰤起こし能登の港の闇を裂く

凍み豆腐日向くささを箱に詰め

神苑の土に灯れり福寿草

鶏鳴くや戦後六十年の初御空

一丁の豆腐の眠る寒の水

田一枚休耕とせりどんど焼

星の降る入り江に灯り白魚舟

白魚の喉に躍る島の宿

日差し乗せ岸離れゆく薄氷

学び舎に別れ芽吹きの町に出る

蕗味噌に故郷重ね今日の宿

野を焼くや肩を寄せ合ひ道祖神

秒針のかちつと春雷さそひけり

短冊のくるりくるりと桜東風

トルコ旅情　五句

早春のカッパドキアに農一人

バザールに春のあふれて牛の鼻
隊商の宿跡色づく柳の芽

絨緞を織る娘の指の春の色

菜の花やトロイの馬に乗つてみる

早苗田に風立ち水の走るなり

雑魚寝して島の釣宿明易し

山深くふかく来て逢ふ時鳥
早苗田の水辺は風の生れやすし

筍の土割る力貰ひたし

鉄塔の脚ふんばりて雲の峰

宣誓の右手黒しや雲の峰

吟醸酒いさぎよく注ぎ暑気払ひ

はねてなほ迷子放送花火の夜

毘沙門へ一本の道蟬しぐれ

獺祭忌土塀くづれしままの寺

かはうその絶滅危惧種秋愁ひ

俳優座出て新涼の六本木

太刀魚の光はじきて売られけり

赤とんぼ思ひ思ひの日暮れかな

繰り言のさらに煮込まれ年忘れ

五能線

二〇〇六年～二〇〇七年

五能線　五句

芒原分けて通るや五能線

海を焼く夕日に雁の渡りけり

立冬や阿修羅の波の日本海

初冬の夕日を畳む津軽富士

岩千畳冬波尖る五能線

船音の押し広げゆく初景色

蒟玉の色を散らして寄席囃子

海苔舟や海のにほひを持ち帰る

水車場の水青々と芹洗ふ

花ぐもり若き守衛の帽新た

蝌蚪群れて放生池を狭くせり

釣れぬ日の魚籠に採りたて若布かな

万華鏡のぞく小江戸の花曇

麦の秋パン屋のひさし長くなる

竹百幹せめぎ合ひする青嵐

Tシャツに風の匂へる夏はじめ

緑蔭のゆつくり動く昼下がり
岩走る音の響きて溪茂る

海の日の夕日さらなる赤さかな

絵手紙の茄子はみだして艶めけり

咲き残る狐の剃刀薬師道

水車音夏うぐひすの声結び

掲揚台錆びし校庭菊さかる
野分波海に疲れを残しつつ

木の実落つ三四郎池の昼暗し

秋刀魚焼く漢一人の無口かな

引揚船いまは昔の秋桜

どの音も空へぬけゆく秋の朝

伸び切つて天揺らしをり花すすき

空一枚残して発てり雁の列

コスモスや鼻の欠けたる石地蔵

山茶花の駅に残れる古ベンチ

寄せ植ゑに生命吹き込む冬の薔薇

湖西晴れ湖東しぐるる近江かな

ゆつくりと過去の消えゆく初湯かな

松三日酒の絶えざる家系かな

霜の朝電話機の敷く小座布団

師の句碑につかず離れず冬の蝶

ニュージーランド　二句

羊群を樹の下に入れ時雨れけり

羊飼ふ小さな教会冬うらら

春浅し沓脱石に陽の匂ひ

釣船のペンキ塗りたて春浅し

石垣の幾何学模様春闌ける

曳かれゆく牛の泪や春寒し

麦秋のまつただなかを一番機

千枚の棚田まとめて青田風

溪若葉底より湧けるいろは坂

集落といへど三軒泰山木

子の脱ぎし帽子にこもる残暑かな

打楽器となりて屋根打つ木の実かな

萩すすき乗せて渡しの客一人

秋冷や梁くろぐろと釣の宿

農歌舞伎果てて高まる虫しぐれ

除夜の鐘闇の深さをゆすりけり

雪ぼたる

二〇〇八年〜二〇〇九年

ほろ酔ひの年酒にぽろり胸の内

掛け大根肩で分け入る郵便夫

冬木立隠すものなき一里塚

賑はひの去りて二人の七日粥

鳥帰る河岸に残れる舫ひ杭

土筆摘む母のなじめる伊予絣

留袖の躾ぬくおと春ともし

これよりは木曾路とありぬ花大根

葱坊主なでて一日の仕事終へ

陽炎にバス揺らめきて来りけり

夏めくや鰻(う)の字の長き白暖簾

ジーパンの膝の穴ぼこ風薫る

朝刊にかすかな湿り梅雨入りかな

梅雨の寺賽銭の音の湿りかな

民宿のせんべい布団明易し

燕の子飛んで覚える町の路地

秋暑し校長室の抽象画

鈴虫を鳴かせ法説く京の寺

硝子戸に移転の略図いわし雲

独り居の自問自答や長き夜の

咲ききつて力の抜けし酔芙蓉

長寿といひ後期といはれ菊膾

房総の波立ちあがる冬初め

裏山は風の哭き場所冬めける

一輪は一語に似たり返り花

雲の端のはがれやすくて冬紅葉

木曾三川輪中を巡り時雨れけり

野面駈け大つごもりの鐘の音

篝火の闇にくづれて年明ける

初春のきらめく波光を返しけり

馬小屋の輪飾り風に遊びをり

短日の沓脱石の翳りかな

臥せる児に映す障子の影絵かな

植木屋の脚立の伸びて春隣

四つ手網乾したる河岸の白魚舟

梅一輪空の深みにしづもりぬ

犬ふぐり群れて大地の動きそむ

巡礼のこゝろ乗せてゆく花筏

古書店をこまめに覗く日永かな

熟寝児に木洩れ日揺るる風五月

嬰抱いて乳の匂ひや風五月

田を植ゑて一村水の匂ひ増す

城跡と言へど塀のみ夏燕

金箔に疲れの見ゆる梅雨の寺

短夜や夢の余白を埋め切れず

模様替へして新涼の部屋に座す

目薬の一滴しみて秋涼し

赤とんぼ群れて夕日を濃くしたり

野分あと空掃くやうにポプラ立つ

盆踊り果てたる闇に烏賊匂ふ

がむしやらに生きて傘寿の終戦日

干魚に蔭のすぐ来て秋の暮れ

稲妻に帰りたくなき夜の酒

鯊はねてへの字くの字の魚籠の中

一の字の楷書のごとき初秋刀魚

逝きし師のいづれの星か寒昴

水仙の音なき震へ昼の月

エーゲ海

二〇一〇年～二〇一一年

波高き三浦の沖の初明り

時雨るるや托鉢僧の身じろがず

どこまでも影のつき来る冬木立

背なの子の焚火の匂ひ持ち帰り

山茶花の闇を深めて銀閣寺

手袋に別れの握手しまひけり

水鳥の波ふくらます三浦沖

冬うらら野佛そつと眼を開く

春隣野鳥図鑑を窓に置き

大海の潮目新たや春浅し

雲雀啼く大鉄塔の空広し

巡礼の鈴の音残し陽炎へる

陽炎へるレールに放す貨車二輛

子等はみな独り立ちして柏餅

桐の花女人高野にしぶく雨

翡翠の彩一瞬の水面かな

翡翠の叩きし水の碧さかな

一郷を水攻めにして植田晴

渡船待つ旅の終りの新茶濃く

余生とふ言葉身にしむ夕端居

夕闇に色仕舞ひけり未草

睡蓮を天水桶に骨董屋

十薬の花明りまで試歩の杖

ギリシャ　七句

パルテノン神殿参る蟻の列

教会の青いドームや夏帽子

エーゲ海白い館の島の夏

雲の峰奇岩の上の修道院

雲の峰世界遺産の中をゆく

黙示録書ける洞窟夾竹桃

エーゲ海の島の灯や夏の月

風鈴屋来るも帰るも風連れて

秋の水きのふとちがふ空映し

かなかなの声を鎮めてダム昏るる

コスモスの揺れては言葉持つ如し

天高し砂紋整ふ諏訪神社

甲斐路より信濃に暮れて秋時雨

恵林寺の庭の箒目秋思かな

境内は風吹く浄土萩の寺

石蕗の花門に三日の月明り

すれちがふ風のたまゆら冬紅葉

まつすぐに降る雨重き冬牡丹

着ぶくれて肩の力を抜く暮し

客待ちの渡舟に小さき注連飾

冬薔薇一輪のみの気品かな

鉄棒に大根干したり分教場

冬耕の姉さん被り没日濃し

回廊に余寒のありて二月堂

栄転と言はれ任地の余寒なほ

稚魚の群一かたまりの余寒かな

形相のゆるび日永の仁王像

百幹の竹のそよぎや山笑ふ

香煙に倦みし佛陀の梅匂ふ

手のひらに海のつぶやき桜貝

底抜けの空に傷なし白木蓮

菜の花や沖を見つめる無縁墓

手庇で教へる道の夏木立

釣具屋の魚拓目をむく青嵐

言葉など要らぬ夫婦の新茶汲む

葉がくれに自己主張せり朴の花

九九のこゑ聞える校舎麦の秋

過疎の村子の数越える鯉幟

夏の霧晴れて国後指呼の間に

なかんづく雪渓まぶし利尻富士

はまなすや破船の舵は北を指す

夕焼を雲に攫はれ没日かな

開け放つ坊百畳の夏座敷

夕花火すこし未練の尾を曳けり

父母帰るしるしか門火ほの揺れて

新蕎麦と大書の墨の新しき

星飛んで被災地の闇深うせり

月代や井戸のみ残す開拓地

生き甲斐を説く敬老の日のテレビ

菊人形思ひ思ひの劇舞台

一村の一色となる稲穂かな

柚子の種蹠に触るる仕舞風呂

観覧車

二〇一二年〜二〇一五年

初凪の音軽やかに船出かな

柿生なる木賊不動のだるま市

冬ざれや湯宿に古き自炊棟

白菜を漬ける指先より暮れる

駅伝や白息も継ぐ中継所

梅一輪古木の力見せてをり

春雪やこけし工房木の香たつ

風韻の木霊がへしや梅真白

知覧特攻平和会館

春寒し特攻基地の祈念館

肩組んで知覧新茶の別れかな

ワイン手にデッキに憩ふ夏の月

基隆(キールン)の暮れて夜市の動き出す

原色のあふれ薄暑の中華街

自販機の釣銭にある梅雨湿り

みささぎへ千年の楠晩夏光

でで虫や墓碑の刻みに安住か

灯火親し二尺に足らぬ文机

スカイツリー月の剣玉受けて立つ

満ち潮の月乗せて来る手漕舟
雪女と逢ふにほどよき酔ひかげん

三面鏡ひらく三面梅ふふむ

山かげに首なし地蔵なごり雪

寒明やはやポスターに海の色

古民家の三和土に湿り花の冷え

惜しげなく金粉こぼし藪椿

漁火のまだ濡れてをり夏の月

ほととぎす朝採り野菜の無人店

合歓の花人影のなき島の墓

黒き傘さして炎暑の殉教地

夕暮れの色なき風の葉ずれかな

返す掌の風に流れて風の盆

新涼や大鐘楼に風遊ぶ

終便の錨を下ろす後の月

禅寺丸柿文鎮に置き手紙

露寒や枯山水の砂の波

露寒や無人駅舎の小座布団

干支ならむ午に乗り来る年始

木枯らしの軋みて廻る観覧車

しぶく夜の酒は辛口牡蠣の鍋

五百羅漢千の眼動く冬日和

絵馬掛ける娘に陽のやさし初天神

振り向くな後ろの気配雪女郎

雨しとど観音堂は余花の中

元気よく空を蹴飛ばす半仙戯

春風や舟に夕日を乗せ帰る

風湧きて蝶舞ふところ句碑の村

越後路や旅のはじめの木の芽和

啓蟄や寺の子寺へ嫁ぎけり

をりからの花も名残や麻生川

行く春や平家落ちゆく壇ノ浦

茶柱を立て金婚の新茶かな

菖蒲園どの道とるも水匂ふ

橋いくつ潜る潮来のあやめ舟

夏の月水の音して昇りけり

雲白し晩夏の浜の捨て草履

生きのびて塞翁が馬終戦日

闇浄土万の虫の音かぶさりぬ

手を振れば馬も笑ひぬ秋日和

雲はるか朽ちし小橋の笹りんだう

寒夕焼大海原を抱きかかへ

餌を撒けば声が声呼ぶ冬鷗

寒月を切り裂く真夜のスカイツリー

閉店のつづく街並み初つばめ

青葉より人を汲み上げ観覧車

蓮のはな沼千年の底見せず

七十年水漬く「武蔵」の夏の夢

句集　禅寺丸柿　畢

あとがき

第一句集『七國峠』を上梓してから約十年、私もあと二年有余で米寿を迎えます。この際、あらためて立ち止まり顧みる機会として、ささやかながら第二句集を上梓することと致しました。

この間、未曾有の東日本大震災があり、その深い傷あとの未だ癒え難い中で、今年は戦後七十年の夏を迎えました。平和の有難さをひしひしと感じる敗戦忌でした。

私的なことになりますが、孫たちもそれぞれに成人し、年長の男の子はこのたび良き伴侶を得ました。久しぶりに家族が一人増え、喜びもひとしおというところです。

さらに、所属する俳句結社「さざなみ」の同人会長や代表として十年あまり務めさせて頂き、昨年は俳誌「さざなみ」の創刊五十周年、通巻六〇〇号の記念すべき節目を迎えることが出来ました。これも偏に結社の皆様を始め関係諸兄姉のご支援、ご協力のおかげと深く感謝申し上げます。

さて第二句集『禅寺丸柿』は私の住居である柿生の地に由来するものです。この、柿生の地名の起こりとなったといわれる禅寺丸柿は、一二一四年（建保二年）に王禅寺の山中で発見され、その約百五十年後の一三七〇年（応安三年）に、この柿の実の甘さに惹かれ、移植されたものが近隣に広がったもので、今もこの地の、名産となっています。

あれから八百年の月日をかさねました。正に歴史的なロマンが感じられます。

現在、禅寺丸柿の原木といわれているのが「星宿山王禅寺」の境内にあり、かつて北原白秋がこの地を訪れ、禅寺丸柿を讃える長歌が残されています。

その一節

柿生ふる柿生の里、名のみかは禅寺丸柿、
山柿の赤きを見れば、まつぶさに秋か闌けたる

これは広く知られており、後に歌碑が境内に建立されました。

この由緒ある「禅寺丸柿」を句集名とし、一編を世に残すことの幸せを、平和な世の中と共に味わいたいと願っています。

故笠原古畦先生には、生前懇切にご指導いただき、また山岸吟月先生には終始あたたかいご教示・アドバイスを賜り感謝申し上げます。また「さざなみ」他、多くの先輩・句友に恵まれましたことを有難く思っています。

最後になりましたが、句集上梓にあたり、「文學の森」編集長始めスタッフの皆様に細やかなお心遣いをいただき、誠にありがとうございました。心より御礼申し上げます。

平成二十七年十月

池内英夫

著者略歴

池内英夫（いけうち・ひでお）

昭和４年11月７日　香川県高松市に生まれる
昭和25年４月　旧三井銀行（現三井住友銀行）入行、
　　　　　金沢・経堂・恵比寿・上野各支店長、及び
　　　　　関係会社役員を歴任

平成４年　「さざなみ」入会
平成６年　「さざなみ」同人
平成16年　「さざなみ」同人会長
平成18年　「さざなみ」代表

俳人協会会員
麻生区文化協会副部長
麻生区文化祭奨励賞受賞
句集『七國峠』刊行

現住所　〒215-0021　川崎市麻生区上麻生 6-29-50-310

イカロス選書

句集

禅寺丸柿(ぜんじまるがき)

発　行　平成二十七年十一月七日
著　者　池内英夫
発行者　大山基利
発行所　株式会社　文學の森
〒一六九-〇〇七五
東京都新宿区高田馬場二-一-二　田島ビル八階
tel 03-5292-9188　fax 03-5292-9199
e-mail　mori@bungak.com
ホームページ　http://www.bungak.com
印刷・製本　竹田　登

ISBN978-4-86438-481-0　C0092